雲の特攻機

虹色うさぎのテモ

文芸社

　この小さな本を謹んで英霊の御霊にお捧げいたします。

　日本は、太平洋戦争に敗れはしたが、そのかわり何ものにもかえ難いものを得た。
　これは、世界のどんな国も真似のできない特別特攻隊である。（中略）彼らには権勢欲とか名誉欲などはかけらもなかった。祖国を憂える貴い熱情があるだけだった。代償を求めない純粋な行為、そこにこそ真の偉大さがあり、（中略）人間はいつでも偉大さへの志向を失ってはならないのだ。
　（中略）
　母や姉や妻の生命が危険にさらされるとき、自分が殺されると承知で、暴漢に立ち向かうのが息子の、弟の、夫の道である。
　「特別攻撃隊の英霊に捧げるアンドレ・マルローの言葉」（平成元年会報「特攻」第8号）より（原典のまま）

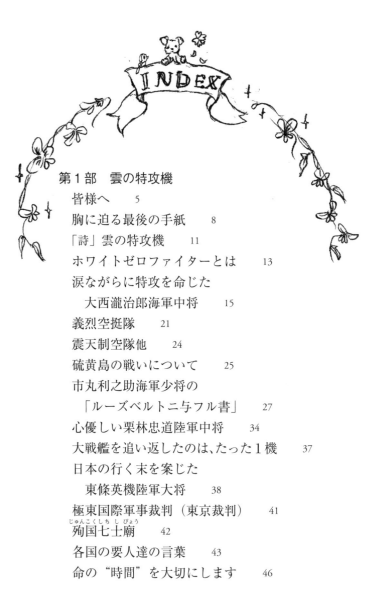

INDEX

※動く物と書きたくないので、本文中は"どうぶつ"とさせていただきました。

第1部　雲の特攻機

皆様へ

　この本をお手に取ってくださいまして、心より感謝いたします。

　"日本民族がまさに亡びんとする時に当たって身をもって防いだ若者たちがいた"（大西中将の言葉より）……このことを、皆様に今一度、思いおこしていただきたく、ペンをとりました。

　英霊となった多くの若者達は、本当に清らかで至誠に満ちた純粋な思いをもって出撃していきました。

　"敵への憎しみや怒り"などではなく、誕生以来身に受けた恩情に報いる気持ちをもって、父母はじめ大切な人々を守るため、敵に立ち向かったのです。

　心優しい英霊達、さっきまで子犬と遊んでいた17、8歳の少年兵達。"チロ、大きくなれよ"そう言い残して出撃していきました。何も思い残すことなく。

　この気高い勇気を、今こそ皆様の心に思い出していただきたいのです。

　古来、日本には、何があろうと正義を貫く生き方が存在しました。敵の数が圧倒的に多くとも、七生報国の思いをもって突撃する楠木正成の思想は、若き英霊達に脈々と受け継がれていました。

　他にも、わずか13〜17歳でも、義のために命を捨てることを惜しまず、誇り高く、勇敢に戦い、死んでいった"もうひとつの白虎隊"と言われる二本松少年隊（戊辰戦争時）の存在など

もあります。

　これらの崇高な日本精神は、どこへいってしまったのでしょう。

　日本人なら、必ず、その魂の奥底に眠っている尊い光があるはずです。

　それは、人間として、“天に恥じない”ひとすじの生き方。

“ノチノ　ニホンニ　エイコウアレ”（出典は不明）
“悠久の大儀に生きる栄光*の日は、今を残してありません”
　そう言い残して飛び立った隊員達。

　戦いに敗れたとしても、それは物量に負けただけです。後の世の日本のために……そして、今を生きる私達の幸せのために、すべてを捨てて、散華された英霊の皆様を、私は誇りに思ってやみません。そしてまた、「利他」「無私」などのすばらしい徳の向上を、ごく自然に為し遂げてゆかれたことを、羨ましく思います。

　飽くなき欲望を持って勝利を得たとしても、それは精神的には敗北に他ならないのですから。

　――本書は、専門家でも歴史家でも、文筆家でもない、ただ一人の主婦が、……しかも、各種デジタル機器どころか、ケータイすら所持しない旧態依然の身にもかかわらず、ただ、英霊の皆様への感謝と畏敬の念にかられて、執筆させていただいたものになります。

　長年に亘り、私は特攻隊に関する情報や資料などをメモしてきました。本書は、そのメモ類からまとめたものです。本来なら、出典を逐一あげるべきところでありますが、足りない部分

もあるかと思います。

　本文中には、さまざまなところからお借りした言葉が散見されることでしょう。失礼、非礼、誤りなどがあるかもしれません。何卒、ご容赦のほど、よろしくお願い申し上げます。

　史実に関しましても、大筋にてご理解いただき、すべての事項を今一度調査、ご確認の上、是正していただければ幸いです。

　また、この書は、決して戦争を讃美するものではありません。

　ただひたすら "大切な人達を守るため、のちの世の日本の存続のため"、至純の心で雄々しく戦った英霊の皆様への感謝の気持ちを伝えるものであります。そして、文中の意見はあくまでも私個人の考えにすぎませんので、参考までになさってくださいませ。

　また、歴史の中には諸説あるものが多く、人物に対する評価もまちまちです。中には故意に悪人に仕立てあげられている人物もあるかと思います。私ごとき凡人にははかり知れない歴史的背景もあることながら、なるべく、純粋なくもりなき気持ちを持って解釈させていただいたつもりです。

　さまざまな記録についても、はっきりとした数がわからないこともあります。

　どうかご了解お願いいたします。

＊筆者注・原典は「光栄」ですが、「栄光」とさせていただきました。
※似顔絵はすべてイメージです。

胸に迫る最後の手紙

　特攻隊隊員の家族への手紙には、胸に迫るものがあります。『いつまでも、いつまでもお元気で』（知覧特攻平和会館編／草思社）、特攻隊戦没者慰霊平和祈念協会の会報『特攻』などから、私が書き留めていたものをご紹介します。

　最后の便り致します
　其後御元気の事と思ひます
　幸雄も栄ある任務をおび
　本日（廿七日）出発致します
　必ず大戦果を挙げます
　櫻咲く九段で會ふ日を待って居ります
　どうぞ御身体を大切に
　弟達及隣組の皆様にも宜敷く　さやうなら
　　　　　　　　　　　（万世平和祈念館所蔵はがきより）
　荒木幸雄伍長（後に少尉）※表紙写真中央、子犬を抱く少年兵
　第七十二振武隊　陸軍少年飛行兵第15期
　昭和20年５月27日　沖縄にて戦死
　群馬県出身　17歳

　※第七十二振武隊／九九式襲撃機の隊員は、沖縄本島中部に広がる金武湾の東で駆逐艦ブレインに突入。
　ブレインは第七十二振武隊の突入によって大破・炎上し、帰還せざるえなくなった。

（前略）御別れしても天地に恥じざる気持にて神州護持に力（つと）めます。短いようで長い十九年間でした。よい事も悪い事もすべて諦め忘れてただ求艦必沈に努めます（抜粋）

　宇佐美輝夫……18歳

　お元気でお元気でお過ごし下さる様。
　では征きます。（抜粋）
　若杉潤二郎……24歳

　私の心はいま日本晴れです。

　お母さん
　おばあさん
　お父さん
　おじいさん
　皆様さよなら（抜粋）
　渡辺利廣……24歳

　今はもう総（すべ）ての俗念も去ってすがすがしい気持ちです。（抜粋）
　溝川慶三……21歳

　大楠公（だいなんこう）の精神に生きんとす（抜粋）
　中村實……20歳

※大楠公とは、鎌倉時代末期から南北朝時代にかけての武将、楠木正成のことである。何があろうと正義を貫く生き方で、戦前の日本で、忠臣の象徴であった。

（上記５名　知覧特攻平和会館編『いつまでも、いつまでもお元気で』〈草思社〉より）

　大空に雲は行き　雲は流れり
　　（中略）
　総ての人よさらば、後を頼む。
　お父さん、お母さん、征つて参ります。
（靖國神社企画・編集『いざさらば我はみくにの山桜』〈展転社〉より）
　西田高光……23歳

　人は一度は死するもの、悠久の大義に生きる光栄の日は今を
残してありません。（中略）清は微笑んで征きます。出撃の日
も、そして永遠に。

　　　　　　　　　　　　　（「会報特攻」平成18年11月号より）
　小川清……24歳

　イッテマイリマス　ノチノニホンニ　エイコウアレ

　　　　　　　　　　　　　　　　　　　（出典は不明）

「詩」雲の特攻機

ホワイトゼロファイター
　君は知っているだろうか
大空に
　　──雲は行き　雲は流れる──
　真夏の暑い昼下がり、防波堤に腰かけて、空を見上げる
　傍らにラムネの青いガラス瓶を置いて……耳には潮騒、ただ
静かなる海風の音
　この大海原を越えて彼らは飛び立っていった
　敵の上陸を何としても阻まんと
敵のレーダーを見事にかわしながら、高射砲の雨をものともせ
ず、敵艦に向けて一直線につっこんでゆく！
"すべての人よさらば、後を頼む。征って参ります"
"イッテマイリマス、ノチノ　ニホンニ　エイコウアレ"
"悠久の大儀に生きる栄光の日は、今を残してありません"
　17、8歳、少年飛行兵　ついさっきまで子犬と遊んでいた
……
　敵意や憎しみなど微塵もなく、ただこれまでに受けた恩情に
報いる報恩の決意だけを胸に……後の世の日本再興を信じつつ
すべてを捨てて敵に立ち向かう。

　ホワイトゼロファイター
　英霊の乗りしゼロ戦、七生報国の思いを胸に
　死してなお、祖国日本を護らんと……
　白き特攻機、日の丸までもが白く……
　海上に隊列をなして、低く横たわる白い雲達は

──きっと──
ホワイトゼロファイター

　ラムネの瓶を覗けば真珠色の涼やかな泡が上<small>のぼ</small>ってゆく
　ラムネ色の天使達が上ってゆく、天までも……
　（願わくば届けておくれ、海の色をした菫の花束を……若き英
靈のみ胸へと）
　　今日も見上げれば、青空に白き雲の特攻機！
　　海上すれすれに隊を組んで飛んでゆく
永遠に祖国を護らんと……

＊筆者注：「雲は行き、雲は流れる」この部分は、前出の手紙の中
のことばを使わせていただいております。「光栄の日」の「光栄」は、
この詩の中では、栄光とさせていただきました。

ホワイトゼロファイターとは

　表題 "雲の特攻機" のもととなりました、「ホワイトゼロファイター」とは、英霊の乗った白いゼロ戦のことです。

　伝説と言っていいのか……。

　しかし、実際に米軍の航空兵の間で、「ホワイトゼロファイターを見たら攻撃せず、十字を切って、その場を去る」ということが暗黙の了解とされていたとのこと。

白いゼロ戦の中でにっこりほほえむ兵

　戦時中、太平洋のちょうど中央近くにあるウェーク島（アメリカ合衆国の環礁）のそばを米軍艦隊が航行していた時のこと。レーダーが多くの機影を感知。空母から偵察機と戦闘機を飛ばします。

　ゼロ戦が飛んでいるということは、近くに日本の空母がいるはずと探しますが、全く見当たりません。そんな時、偵察機から「ゼロファイター（ゼロ戦）、多数発見」という報告が入り、米軍は爆撃機をさらに出して応戦するも、その爆撃機が次々と落とされ、命からがら帰還した兵は、次のような衝撃的な証言をしました。

　「今回のゼロファイターは、いつもと違う。機体は白く、動きも尋常なものではなかった。何もないところから突然出現し、気づくと、味方機が落ちていた」と。

　この話は、後に当時のアメリカ兵から、日本の航空隊の生存者が実際に聞いたことだといわれます。

　また、「その白いゼロファイターは、被弾しても墜落しない。防弾ガラスは割れ、主翼は穴だらけでもだ。飛んでいることが

信じられない状態なのに、そばを通ったゼロファイターのパイロットを見ると、なんとかすかに微笑んでいるではないか。そんなのが何機も続く。撃ち落とそうとしてもまるで効かず、かえって友軍に当たってしまうことさえあった」といった証言もあるそうです。

ラバウルの航空基地を救った英霊の乗ったゼロ戦

　海戦の話だけではありません。ラバウル島でも、白いゼロ戦の話が残っています。

　ラバウル（現在はパプアニューギニアの都市）には、当時、東南方面の一大拠点とも言える日本軍航空基地がありました。

　戦時中のある日、この基地に「敵機来襲」のサイレンが響き渡ります。島の上空で空中戦が行われている様子であり、基地の兵達は、どこからか友軍が現れ、戦っているのだと考えました。ただ、山が立ちはだかり、地上から空中戦の様子は一切見えません。

　数時間後、静かになったので敵を撃退してくれたのだと思ったその時、日の丸をつけた戦闘機の編隊が上空に姿を現したので、兵達が旗を振って迎えようとすると、この編隊は着陸態勢に入り、滑走路に次々と滑り込みました。

　ところが、地上に着く瞬間に機体は、魔法のように消えてしまったのです。十数機の轟音がし、兵達は風圧を感じたにもかかわらず……。

　兵の一人は、着陸寸前の謎の機体が、その印から、先日撃墜されたものだと気づきました。

　つまり、先ほどまで敵と戦っていたのは、すでに戦死したパイロット達のゼロ戦だったのです。

涙ながらに特攻を命じた大西瀧治郎海軍中将

　特攻を最初に命令したこと、数百名の特攻隊員を送り出したことで、「特攻の父」と呼ばれる大西瀧治郎海軍中将ですが、実際は特攻を考え出したわけでもなく、海軍の意向に従って、涙をのんで、隊員を送り出したようです。

　サイパン陥落後、本土決戦も時間の問題と思われるに至り、大西中将は、もはや爆薬250キロを抱いて体当たりする他ない、と最終かつ苦渋の決断をしたのでした（当時、フィリピンにあった爆撃機は、わずか数十機と言われています）。

　大西中将が隊員たちに涙ながらに語った言葉として次のようなものが記録されています。

・特攻は、統率の外道である。
・もう戦争は続けるべきではない。
・しかし、敵を追い落とすことができれば、七分三分の講和ができる。
・アメリカが本土に入った場合、日本民族の再興の機会は永久に失われてしまうだろう。アメリカやハワイの原住民の歴史を見ればわかる。
・フィリピンの防衛は、九分九厘成功の見込みはない。見込みがないのに、なぜ特攻を強行するか。ここに信じてよいことがある。日本民族がまさに亡びんとする時に当たって身をもって防いだ若者達がいたという歴史の残る限り五百年後、千年後の世に必ずや日本民族は再興するであろう。

　大西中将（享年55）は、終戦翌日1945年8月16日、渋谷南平

台町の官舎にて遺書を残し、自決されました。“死ぬ時はできるだけ苦しんで死ぬ”と、介錯と延命処置を拒み、15時間の苦しみのあと亡くなっています。

　戦後ひとり残された淑恵夫人は、家も家財も焼失しており（空襲）、GHQの命令で軍人恩給も停止され、飴の行商を行いながら、生活。特攻隊員の慰霊につくし、時には遺族に土下座までして謝罪することもあったといいます。そして、1952（昭和27）年、行商でためたお金と援助金をあわせ、念願の大西の墓と、特攻隊戦没者供養の観音像を建立しています。

　大西中将は、何もかも知り尽くした上で、特攻が、成功の見込みのない強行、愚行であることを重々承知していました。一番、特攻を命じたくなかった人です。断腸の思いで隊員一人一人を送り出し、胸には、必ず、自分も同じ特攻隊員として、皆のあとにつづくという気持ちを常に秘めておられたのだと思います。

　それではなぜ、特攻を命じたのか、それは、特攻こそ、最後まで日本を死守しようとした凄まじいまでの決意を示すものであり、“安易に日本には手出しできない”という畏怖の念を敵に持たせることができると共に、このことが、必ず何百年か後には日本民族（日本精神の復活を含む）再興につながる力となり得ると信じたからではないでしょうか。

　特攻は、戦後の日本のことまで考えた末の苦渋の決断でした。だからこそ、日本は、分断もされずに、ここまで、まもられてきたのだと思います。英霊の力が、死してなお、戦後、日本をまもりつづけてくださいました。

　“特攻の父”として、責任をただひとり身に受けて、多くの批判にも何ひとつ反論することなく、一人の特攻隊員として死んでいった大西中将。その誠実な気持ちと偉大さを忘れないで

ほしいと思います。

　淑恵夫人も、大西中将のこの気持ちをすべて承知の上で、それでもなお、遺族への謝罪をつづけられたのではないでしょうか。

大西瀧治郎海軍中将　遺書

特攻隊の英霊に曰す

善く戦ひたり深謝す

最後の勝利を信じつゝ、肉

弾として散華せり然れ

共其の信念は遂に達

成し得ざるに至れり

吾死を以て旧部下の

英霊とその遺族に謝せ

んとす

次に一般青壮年に告ぐ

我が死にして軽挙は利

敵行為なるを思ひ

聖旨に副ひ奉り自

重忍苦するを誡とも

ならば幸なり

隠忍するとも日本人た

るの矜持を失ふ勿れ

諸子は國の寳なり

平時に處し猶ほ克く

特攻精神を堅持し

日本民族の福祉と世

責任感が強く心優しかった大西瀧治郎中将。（イメージです。写真は、この絵より、ずっと上品で優しい眼差しをされている）

界人類の和平の為
最善を盡せ（つく）よ

（神立尚紀『特攻の真意 大西瀧治郎和平へのメッセージ』文藝春秋）
※矜持は誇りという意味です。原文は「衿持」となっています。ル
ビは一部筆者が追加しています。

大西中将の部下、美濃部少佐の言葉

　美濃部正少佐は、「特攻に反対した指揮官」として有名な海
軍軍人です。大西中将の指揮下にあり、特攻隊が生まれる過程
を見聞きした一人として、戦後も多くの取材を受け、手記を執
筆しました。しかし、『彗星夜襲隊』（渡辺洋二　光人社）には、
美濃部少佐の言葉として、次のものがあります。

「戦後よく特攻戦法を批判する人があります。それは戦いの勝
ち負けを度外視した、戦後の迎合的統率理念にすぎません。当
時の軍籍に身を置いた者には、負けてよい戦法は論外と言わね
ばなりません。私は不可能を可能とすべき代案なきかぎり、特
攻またやむをえず、と今でも考えています。戦いのきびしさは、
ヒューマニズムで批判できるほど生易しいものではありません」

特攻隊批判に対しての私見

　特攻隊員は、無理やり行かされたのであって、いやいやなが
ら出撃したのだと言う人がいます。当時の若者が、死を前に苦
悩したであろうことは、否定いたしません。むしろ、それはあ
たり前だと思います。しかし、彼らは死への恐怖や、さまざま
な個人の思いをすべて乗り越えて征（ゆ）かれたのです。その残した
遺書を読めばわかります。人間の弱い部分ばかりを強調しない
でほしいのです。

　たとえ死の前の晩に涙したとしても、心を奮い起こして出撃

し、立派に突撃を敢行しているのです。しかも、英霊の遺した数々の言葉には、"悠久の大義に生きる光栄"とか、"絶好の死場所を得た私は日本一の幸福者"とか、"喜び勇んで征きます"などというものがあります。そこには、国を護り、義の為に死することへのまぎれもない精神的喜びさえ感じられるのです。

　無駄死にではありません。犬死にでもありません。特攻は敵を恐怖に陥れました。多くの成果を残しました。どれだけ、日本を護ってくださったことか。

　この命がけの守備は、断じて、意味のない愚行などではありません。この至純に満ちた気高い行いは、"自己中心で常に、誰かを蹴落としてやろうと奸策をめぐらしているような卑しい心の人"には理解することはできないでしょう。

　私は、他のために命を捨てることのできる人を賞讃せずにはおれません。これ以上の誠実で美しい心を知りません。

　特攻隊員は、大切な人達、そして、何の罪もないあどけない仔犬のチロまで焼き滅ぼそうとしている敵（日本人種絶滅を叫び、国際法を無視し、見境いなく爆撃）に対し、体当たり攻撃をしてまで立ち向かったのです。忘れてならないのは、他国が皆、日本と同じような正義・利他の心情を持ちあわせているとはかぎらないということです（これは現代も同じです）。同じ人間であるから、まさかそんなひどいことはしないだろう、という妄想は捨てなくてはなりません。過去、正義をわざと貶めたり、戦地に於ても、敵がどんなに残酷非道であったかということは枚挙に遑がありません。世界では卑怯、嘘、裏切りが常套手段であったりもするという厳しい現実を踏まえ、敵による虐殺から家族、国民を護る為には、凄まじいまでの決死の反撃が必要であり、これにより、日本人の勇気、気魄、高邁な精神性を知らしめる必要がありました。だからこそ、硫黄島・占守

島、他の戦いでも、英霊の皆様は、捨て身の攻撃をもって、日本を死守してくださったのだと思います。

　また、特攻隊員を哀れな戦争の犠牲者という人がいますが、これも失礼な話です。特攻隊員のなした精神的偉業を思うと、何と美しい人生であったことか、普通の人の何倍充実した生を送ったことか、何という果報者かと言っていいほどなのです。

　特攻隊は死ぬために出撃したのではなく、あくまでも、守備のための攻撃を敢行したのです（カミカゼアタック）。"特攻"は命を捨てたのではなく、義のために命を使ったのです。

義烈空挺隊

　戦況逼迫、一刻の猶予もならない昭和20（1945）年５月、沖縄を奪還し、本土空襲を阻止するため、敵のど真ん中に強行着陸し、敵兵器（B29）などを破壊する命を受けた精鋭部隊がありました。

　当時の爆弾は技術的に無誘導なので、ほぼ命中しなかったそうです。そのため、物量にまさるアメリカ軍は、大量の爆弾を落としました。ですが、日本にそんな余裕はありません。この頃、B29による空襲で日本各地が焼け野原と化していたのです。そんな中でアメリカ軍に占領された飛行場に強行着陸し、駐機中の戦闘機や基地を破壊するこの作戦は、敵に大打撃を与えることとなりました。

　出撃前のこの部隊には、特攻の悲壮感が全く見当たりませんでした。全員屈託ない笑顔で愛機に乗り込んでいく様子が記録映像に残っています。かけがえのない父、母、家族を守り、故郷を守るための出陣となった隊員達の優しさと勇気の喜びの笑顔が印象的です。日頃の訓練を国のために生かす時が、やっときたという使命感が感じられ、死をも恐れぬ正義感を思うと、涙を禁じることができません。奥山道郎隊長は、その挨拶のことば（NHK日本ニュース第252号1945年６月９日より）の中で、「最後の一兵となるも、任務に向かって邁進、以て重大責務を果たす覚悟であります。全員喜び勇んでいきます」と述べています。

　奥山道郎大尉、諏訪部忠一大尉が率いる168名は12機に分乗

し、5月24日18時40分、熊本から沖縄の敵飛行場に向けて出撃。陸軍中野学校出身の10名ほか優秀な兵ぞろいの隊でした。中には沖縄出身の将兵も2名含まれます。

　12機のうち4機はエンジン不調のため基地に引き返し、8機が電探（レーダー）にひっかからないよう海上30mを低空飛行し、2つの飛行場に到達しました。さらに突入に成功したのは1機のみ。7機は撃墜されています。その1機が飛行場に胴体着陸。飛び出した8名ほどの兵は敵航空機を炎上させ、燃料集積所も攻撃し、ドラム缶7万ガロンのガソリンを焼き払ったといいます。またこの作戦では、113名が散華されたと言われています。

　奥山道郎隊長（1919—1945）は三重県出身の陸軍軍人。父親は陸軍砲兵中佐・奥山春次郎。

　〔奥山道郎隊長の遺書〕

　遺書

　昭和二十年五月二十二日

此の度義烈空挺隊長を拝命御垣の守りとして敵航空基地に突撃致します

絶好の死場所を得た私は日本一の幸福者であります

只々感謝感激の外ありません

幼年學校入校以来十二年諸上司の御訓誡も今日の為の様に思はれます

必成以て御恩の萬分の一に報ゆる覺悟であります

拝顔御別れ出来ませんでしたが道郎は喜び勇んで征きます

二十有六年の親不孝を深く御詫びします

道郎

　御母上様

（遺書の原本は空挺館所蔵）

辞世の句
　吾が頭　南海の島に瞭さるも　我は頬笑む　国に貢せば

　沖縄戦の「ひめゆり学徒隊」や「鉄血勤皇隊」は資料や映画で見聞きすることはあるでしょう。「義烈空挺隊」のことはご存じでしたか？
　国を守るために命をかけて戦った多くの人のことを、偏りなく正しく、語り継いでいくこと。それは、戦後80年経とうと100年経とうと、私達の、そして続く世代も忘れずにすべきことだと思うのです。日本の誇りとも言える、この勇気ある若き英雄たち、義烈空挺隊のことを、どうか知ってください。

飛行隊長　諏訪部忠一
（イメージです）

義烈空挺隊長　奥山道郎
（イメージです）

震天制空隊他

　本土防衛にむけ、高度確保のため武器も防弾板もはずした使い古しの中古機で、B29に体当たりを強行した勇気ある "震天制空隊" の存在や、その他にも "神州不滅特別攻撃隊" などあまり、広くは知られていないけれども、皆、それぞれに命がけで戦ってくださった多くの部隊があったことも忘れてはなりません。

☆軍用犬など　人間の為に共に働き、傷つき死んでいった軍用犬・馬などの存在もここにしるしておきます。同じ英霊として。

　　　　──身を挺して日本兵を助けてくれた方々へ──

　原地住民のかたの中で、「戦地に於いて、傷つきボロボロになった日本将兵を命がけで助けてくださったかたがおります。そのかたたちの勇気ある行いに、心より賞讃と最大の感謝の気持ちをおくります。優しき人々よ、ありがとうございました！」

硫黄島の戦いについて

　東京から約1200キロに位置する硫黄島は、東京都小笠原村に属する島です。東西約８キロ、南北約４キロの火山島で、火山性ガスが噴出しています。

　アメリカのグアム島と東京のほぼ中央にあるため、米軍にとっては日本本土攻撃のための基地として重要地であり、日本にとっては死守すべき島でした。ここを奪われたら、敵の空爆、上陸を容易にすることになり、兵達の家族を含む一般人も残酷な災禍に見舞われることになるからです。

　日本兵は約２万1000人（しかも主力は一般人）。対する米軍は支援部隊を含め約16万うち、世界最強といわれる約６万の海兵隊が島に上陸しました。圧倒的物量を誇る米軍と戦った結果、日本兵の死傷者は２万人以上（戦死は約１万9900名）、米兵は２万8000人以上の死傷者（戦死は約6800名）だったといいます。この数字は、いかに日本軍が敢闘したかを物語っているといえるでしょう。※文中の数字は資料によって異なる場合があります。

　昭和20年３月17日、市丸利之助海軍少将は、硫黄島のガスの噴出する、地熱50度の塹壕の中でフランクリン・ルーズベルト米大統領宛に手紙をしたためました（英訳したのは、日系二世の三上弘文兵曹です）。そして地下20メートルの洞窟に動ける者を集め、副官の間瀬中佐がそれを読み上げました。その９日後の３月26日、市丸少将は、栗林中将と共に階級章を外し、ひとりの兵として最後の攻撃を行い、散華されています。

　生還した海軍兵曹によると、手紙の和文は村上通信参謀、英文は赤田航空戦隊参謀が身につけていたとのことです（米軍が遺体の検査をすることを予想し、発見されることを意図したも

の）。

　私達は、死が迫る中、相手の心の深いところに呼びかけ、誇りを失わず、日本の描いた理想、古来の大義を伝えるこの英霊からの最期のメッセージを、心静かに、しっかりと受けとめるべきではないでしょうか。

　以下、原文は平川祐弘著『米国大統領への手紙』（新潮社）より、現代語訳は各書籍、サイトを参考に私なりに訳してみました。
　原文で、米大統領を「貴下」としていますが、これは男同士の手紙で同輩を指す“あなた”という意味です。

市丸少将
（イメージです）

市丸利之助海軍少将の「ルーズベルトニ与フル書」

原文

　日本海軍市丸海軍少将書ヲ「フランクリン　ルーズベルト」君ニ致ス。我今我ガ戦ヒヲ終ルニ当リ一言貴下ニ告グル所アラントス

　日本ガ「ペルリー」提督ノ下田入港ヲ機トシ広ク世界ト国交ヲ結ブニ至リシヨリ約百年此ノ間日本ハ国歩艱難ヲ極メ自ラ慾セザルニ拘ラズ、日清、日露、第一次欧州大戦、満州事変、支那事変ヲ経テ不幸貴国ト干戈ヲ交フルニ至レリ。之ヲ以テ日本ヲ目スルニ或ハ好戦国民ヲ以テシ或ハ黄禍ヲ以テ讒誣シ或ハ以テ軍閥ノ専断トナス。思ハザルノ甚キモノト言ハザルベカラズ

　貴下ハ真珠湾ノ不意打ヲ以テ対日戦争唯一宣伝資料トナスト雖モ日本ヲシテ其ノ自滅ヨリ免ル、タメ此ノ挙ニ出ヅル外ナキ窮境ニ迄追ヒ詰メタル諸種ノ情勢ハ貴下ノ最モヨク熟知シアル所ト思考ス

　畏クモ日本天皇ハ皇祖皇宗建国ノ大詔ニ明ナル如ク養正（正義）重暉（明智）積慶（仁慈）ヲ三綱トスル八紘一宇ノ文字ニヨリ表現セラル、皇謨ニ基キ地球上ノアラユル人類ハ其ノ分ニ従ヒ其ノ郷土ニ於テソノ生ヲ享有セシメ以テ恒久的世界平和ノ確立ヲ唯一念願トセラル、ニ外ナラズ、之曾テハ

　　四方の海皆はらからと思ふ世に
　　　など波風の立ちさわぐらむ

ナル明治天皇ノ御製（日露戦争中御製）ハ貴下ノ叔父「テオドル・ルーズベルト」閣下ノ感嘆ヲ惹キタル所ニシテ貴下モ亦熟知ノ事実ナルベシ。

我等日本人ハ各階級アリ各種ノ職業ニ従事スト雖モ畢竟其ノ
職業ヲ通ジコノ皇謨即チ天業ヲ翼賛セントスルニ外ナラズ　我
等軍人亦干戈ヲ以テ天業恢弘ヲ奉承スルニ外ナラズ

　我等今物量ヲ恃メル貴下空軍ノ爆撃及艦砲射撃ノ下外形的ニ
ハ退嬰ノ已ムナキニ至レルモ精神的ニハ弥豊富ニシテ心地 益
明朗ヲ覚エ歓喜ヲ禁ズル能ハザルモノアリ。之天業翼賛ノ信念
ニ燃ユル日本臣民ノ共通ノ心理ナルモ貴下及「チャーチル」君
等ノ理解ニ苦ム所ナラン。今茲ニ卿等ノ精神的貧弱ヲ憐ミ以下
一言以テ少ク誨ユル所アラントス。

　卿等ノナス所ヲ以テ見レバ白人殊ニ「アングロ・サクソン」
ヲ以テ世界ノ利益ヲ壟断セントシ有色人種ヲ以テ其ノ野望ノ前
ニ奴隷化セントスルニ外ナラズ。之ガ為奸策ヲ以テ有色人種ヲ
瞞着シ、所謂悪意ノ善政ヲ以テ彼等ヲ喪心無力化セシメントス。
近世ニ至リ日本ガ卿等ノ野望ニ抗シ有色人種殊ニ東洋民族ヲシ
テ卿等ノ束縛ヨリ解放セント試ミルヤ卿等ハ毫モ日本ノ真意ヲ
理解セント努ムルコトナク只管卿等ノ為ノ有害ナル存在トナシ
曾テノ友邦ヲ目スルニ仇敵野蛮人ヲ以テシ公々然トシテ日本人
種ノ絶滅ヲ呼号スルニ至ル。之豈神意ニ叶フモノナランヤ

　大東亜戦争ニ依リ所謂大東亜共栄圏ノ成ルヤ所在各民族ハ我
ガ善政ヲ謳歌シ卿等ガ今之ヲ破壊スルコトナクンバ全世界ニ亘
ル恒久的平和ノ招来決シテ遠キニ非ズ

　卿等ハ既ニ充分ナル繁栄ニモ満足スルコトナク数百年来ノ卿
等ノ搾取ヨリ免レントスル是等憐ムベキ人類ノ希望ノ芽ヲ何ガ
故ニ嫩葉ニ於テ摘ミ取ラントスルヤ。只東洋ノ物ヲ東洋ニ帰ス
ニ過ギザルニ非ズヤ。卿等何スレゾ斯クノ如ク貪慾ニシテ且ツ
狭量ナル。

　大東亜共栄圏ノ存在ハ毫モ卿等ノ存在ヲ脅威セズ却ツテ世界
平和ノ一翼トシテ世界人類ノ安寧幸福ヲ保障スルモノニシテ日

本天皇ノ真意全ク此ノ外ニ出ヅルナキヲ理解スルノ雅量アラン
コトヲ希望シテ止マザルモノナリ。

　飜ツテ欧州ノ事情ヲ観察スルモ又相互無理解ニ基ク人類闘争
ノ如何ニ悲惨ナルカヲ痛嘆セザルヲ得ズ。今「ヒットラー」総
統ノ行動ノ是非ヲ云為スルヲ慎ムモ彼ノ第二次欧州大戦開戦ノ
原因ガ第一次大戦終結ニ際シソノ開戦ノ責任ノ一切ヲ敗戦国独
逸ニ帰シソノ正当ナル存在ヲ極度ニ圧迫セントシタル卿等先輩
ノ処置ニ対スル反撥ニ外ナラザリシヲ観過セザルヲ要ス。

　卿等ノ善戦ニヨリ克ク「ヒットラー」総統ヲ仆スヲ得ルトス
ルモ如何ニシテ「スターリン」ヲ首領トスル「ソビエットロシ
ヤ」ト協調セントスルヤ。凡ソ世界ヲ以テ強者ノ独専トナサン
トセバ永久ニ闘争ヲ繰リ返シ遂ニ世界人類ニ安寧幸福ノ日ナカ
ラン。

　卿等今世界制覇ノ野望一応将ニ成ラントス。卿等ノ得意思フ
ベシ。然レドモ君ガ先輩「ウイルソン」大統領ハ其ノ得意ノ絶
頂ニ於テ失脚セリ。願クバ本職言外ノ意ヲ汲ンデ其ノ轍ヲ踏ム
勿レ。　　　　　　　　　　　　　　　　　　市丸海軍少将

（平川祐弘『米国大統領への手紙』新潮社）

意訳

　日本海軍、市丸海軍少将が、この手紙を「フランクリン・ル
ーズベルト」君におくる。

　私は今、この硫黄島での戦いを終えるのにあたり、一言貴下
（貴方）に告げたいことがある。

　日本は「ペリー」提督の下田入港を機とし、広く世界と国交
を結ぶようになった時から約100年、国の歩みは困難極まり、
自ら欲しないにもかかわらず、日清、日露、第一次欧州大戦、
満州事変、支那事変を経て、不幸にも、貴国と交戦することと

なった。それを見て日本人は好戦的であるとしたり、（野蛮な）黄色人種の禍であると貶めたり、軍閥の独断専行であるという。これは、思いもよらぬことはなはだしいと言わざるを得ない。

　貴下（貴方）は真珠湾の不意打ち攻撃を理由に、これを対日戦争（大東亜戦争）唯一の（日本側が卑怯にも攻撃を仕掛けたという）宣伝の材料としているが、日本が自滅より免れるためにこの行動に出る他ないという窮地にまで追い詰めた諸種の情勢（注とうてい受け入れることのできない内容のハルノートなどで追い詰められた日本は自存自衛のため、戦う他なかった）は、貴方には充分おわかりいただいているはずである。

　畏れ多くも日本の天皇は皇祖皇宗建国の大詔に明らかなように養正（正義）、重暉（明智）、積慶（仁慈）を三綱（秩序）とする八紘一宇（注全世界がひとつ屋根の下に）の文字によって表される計画に基づき、地球上のあらゆる人類はその分に従い、（各々）郷土において（真の善政を謳歌する権利を）生まれながらにして持つとし、それによって、恒久的世界平和の確立を唯一の念願になさったのに他ならない。

　これは、「四方の海　皆はらからと思ふ世に　など波風の立ちさわぐらむ」（注世界中、皆同朋であるのに、なぜ争わねばならないのか）という明治天皇の御製は貴方の叔父セオドア・ルーズベルト閣下が感嘆したものであるが故に、貴方もよくご存じのことであろう。

　我ら日本人は各々の階級を持ち、また各種職業に従事するが、それは結局はその職を通じ、天業（注天皇のご計画・天の意思）を助け補佐するために他ならない。

　我ら軍人もまた、戦いをもって天業を広めることを承っているのである。

　我らは今、物量に頼る貴下空軍の爆撃及び艦砲射撃のもと、

外形的には（攻撃かなわずやむなく守備のみの状態に）至っているが、精神的にはいよいよ豊かになり、気持ちはますます明るく澄みわたり、むしろ、喜びをおさえきれないほど充実している。

この、天業を貫かんとする信念は、日本臣民すべての思いであるが、貴方や、チャーチル君達は、理解に苦しむところだろう。今ここに、貴方達の精神的貧弱さを憐れみ、以下の一言を以て、少しでも貴方達に思い至ってほしいと思う。

貴方達のなすことを見れば、白人、特にアングロサクソンが世界の利益を独占しようと、有色人種をその野望のために奴隷化しようとしていることに他ならない。そのために卑怯な策をくわだて有色人種をだまし、善をよそおった悪政を以て心を失わせ、無力化させようとしている。

近世に至り、日本が貴方達のこの野望に対抗して、有色人種、ことに東洋民族を、貴方達の束縛より解放しようと試みると、貴方達は、日本の真意を少しも理解しようともせず、やみくもに貴方達に害をもたらす存在として、かつては友好的であったにもかかわらず、深い憎しみをいだいている野蛮なかたきとして、堂々と公に日本人種絶滅を叫ぶようになった。こんなことがどうして神意にかなうものであろうか。

大東亜戦争により、いわゆる大東亜共栄圏が成立し、そこに所在する各民族は、わが善政を謳歌し、これを貴方達が破壊さえしなければ、全世界に亘る恒久的平和の実現は決して遠くはないだろう。

貴方達は、すでに充分に繁栄しているのに、満足することなく、数百年来の貴方達の横暴な支配より逃れようとするこれらの憐むべき人類の希望の芽をどうして若葉のうちに摘み取ろうとするのか、ただ東洋の物を東洋に返すにすぎないではないか。

貴方達はどうしてこんなに貪慾で心が狭いのか。

　大東亜共栄圏の存在は、少しも貴方達の存在を脅かすもので
はない、かえって世界平和の一翼として、世界人類の安寧幸福
を保障するものであって、日本天皇の真意は、全くこれに他な
らないのだということを、理解しうる広く深い心を希望してや
まない。

　さて、欧州の事情をみてみると、これもまた相互無理解に基
づく人類闘争が、いかに悲惨であるかを痛感し、嘆かざるを得
ない。今、ヒットラー総統の行動の是非を云々するのは慎むが、
第二次欧州大戦開戦の原因が第一次欧州大戦終結に際し、その
開戦責任の一切を敗戦国ドイツにかぶせ、その正当な存在を極
度に圧迫しようとした貴方達の先輩の処置に対する反発に他な
らないということは見過ごせない。

　貴方達の戦力により、ヒットラー総統を打ち倒したとしても、
スターリン率いるソビエトロシアと、どうやって協調していく
のか。世界を統治するのに、戦力をもって力づくで一方的に従
わせるのであれば、永久に闘争を繰り返し、ついに世界人類に
安寧幸福の日は来ないだろう。

　貴方がたは今、世界制覇の野望を一応、まさに遂げようとし
ている。さぞ貴方がたは得意になっていることであろう。しか
し、貴方の先輩ウィルソン大統領は、その得意の絶頂において
失脚した。願わくば、私の言いえぬ思いを察して、あやまちを
繰り返さないでほしい。　　　　　　　　　　　　市丸海軍少将

　総攻撃の数日前に読みあげられた「ルーズベルトニ与フル
書」。日本の真意を知ろうともせず、徹底的に日本を潰そうと
してくる敵に対して、この戦いの意味を優しく説くと共に、
これから総攻撃を敢行、玉砕してゆく部下達にも、しっかりとそ

の意味を心に刻んでほしかったのだと思います。

　"人類が平等であること" "善政のもとに、すべての民族が、その郷土に於いて、むつまじく、平和に暮らせること。"

　"慾望に満ちた狡猾な世界" に対し、"心・精神を何より尊ぶ誠実な世界" の実現をめざし、戦ったのではないでしょうか。

心優しい栗林忠道陸軍中将

　硫黄島最高指揮官の栗林忠道中将は、一人一人を大切にする、心優しくも思慮深い方でした。子供達にあてた愛情深い手紙を残しておられます。又、部下の兵達と同じ食べ物を食べ、自分に送られてきた野菜なども、自分は食べずに、皆に配ったともいわれています。最期は、"予は常に諸子の先頭に在り"

（イメージです）

の言葉どおり、自ら、陣頭に立ち、突撃されています。

　玉砕せよの命令には反対し、最後の一兵となってもゲリラとなって戦うよう兵に指示しました。本土への敵上陸（本土決戦）を、１分でも長く押しとどめようとしてくださったのです（子供達を含めた多くの国民を敵の攻撃から守る為に）。

「この島の防衛は難しいことだろう。この戦いそのものが成功の可能性がないものかもしれない。しかし、それでもあきらめるわけにはいかない。我々は、最後の一兵になっても、この島を死守するのだ。我々の子孫が、日本で一日でも長く安泰に暮らす、そのために我々の一日には意味がある」といったことを兵達におっしゃったといいます。

　ぎりぎりまで粘った硫黄島の日本軍でしたが、兵も武器も食糧も、いよいよこれまでとなった時に、栗林中将は、兵達に最後の訓示をし、大本営へ訣別電報を打電、突撃を敢行しました（1945年３月26日未明）。

　突撃前の最後の訓示より、一部を抜粋します。

「日本国民が諸君の忠君愛国の精神に燃え、諸君の勲功をたたえ、諸君の霊に対し涙して黙禱を捧げる日が、いつか来るであろう。安んじて諸君は国に殉ずべし」

（梯久美子『硫黄島 栗林中将の最期』文藝春秋）

　　たとひ魂魄となるも
　　　巻土重来の魁たらん
　　　　栗林中将・最後の無電

硫黄島最高指揮官栗林中将は十七日夜半皇国必勝を念ずる和歌を添へた次の最後の電報を打電し、生き残つた手兵数百名を率ゐて最後の総攻撃を敢行した

戦局遂に最後の関頭に直面せり

十七日夜半を期し小官自ら陣頭に立ち、皇国の必勝と安泰とを祈念しつゝ全員壮烈なる総攻撃を敢行す

敵来攻以来想像に余る物量的優勢を以て陸海空よりする敵の攻撃に対し克く健闘を続けた事は小職の聊か自ら悦びとする所にして部下将兵の勇戦は真に鬼神をも哭しむるものあり

然れども執拗なる敵の猛攻に将兵相次いで斃れ為に御期待に反し、この要地を敵手に委ぬるのやむなきに至れるは誠に恐懼に堪へず、幾重にも御託申上ぐ

特に本島を奪還せざる限り皇土永遠に安からざるを思ひ、たとひ魂魄となるも誓つて皇軍の巻土重来の魁たらんことを期す、

今や弾丸盡き水涸れ戦ひ残れる者全員いよいよ最後の敢闘を行はんとするに方り熟々皇恩の忝さを思ひ粉骨砕身亦悔ゆる所にあらず

茲に将兵一同と共に謹んで聖寿の萬歳を奉唱しつつ永へに御別

れ申上ぐ

終りに左記駄作御笑覧に供す

　　国の為重きつとめを果し得で矢弾盡き果て散るぞ口惜し
　　仇討たで野辺には朽ちじわれは又七度生れて矛を執らむぞ
　　醜草の島に蔓るその時の皇国の行手一途に思ふ

栗林中将

（朝日新聞、昭和20年３月22日）

大戦艦を追い返したのは、たった1機

　1945年3月19日未明、アメリカ海軍の航空母艦フランクリンが、爆弾や武器を積み込んだ攻撃機多数をのせて高知県沖を進んでいました。目的は神戸港攻撃です。

　早朝、出撃準備を開始したフランクリンに対し、突然雲の中から現れ、低空飛行で接近してきた1機の戦闘機が、爆弾2発を投下、直後フランクリンの対空砲により、撃墜されました。

　しかし、フランクリンも船体が大破、神戸港攻撃を諦め、戦列を離脱、本国へ回航せざるを得なくなったのです。たった1機の捨て身の行動が、神戸港、そして多くの罪なき人々の命を救ったのです。この1機は、日本海軍機の「銀河」、あるいは「彗星」ではないかと言われています。

日本の行く末を案じた東條英機陸軍大将

東條英機陸軍大将は、昭和16年の開戦前から、敗戦が色濃くなった昭和19年まで第40代の内閣総理大臣を務め、できる限り、戦争を回避しようと努力をしたといいます。

また、東條英機首相は、戦争中であっても、人道を第一とすべく、少しでも婦女暴行などがあった時は厳罰に処すことを徹底したそうです。

（イメージです）

日本国民の行く末を案じ、国民の幸せを願い、戦勝国に対しては毅然とした態度を貫きました。原子爆弾投下を非難し、「日本は正理公道に沿って戦ったまで」との旨を堂々と述べています。以下は、東條元首相の遺書です。昭和20年9月に家族に宛てたもの、自決を決心した時のもの、戦勝国による一方的な極東国際軍事裁判で死刑が確定したあとのものと遺書はいくつかありますが、これは、逮捕される前に書かれたものです。清瀬一郎著『秘録　東京裁判』（響林社）から引用します。

英米諸国人ニ告グ

今ヤ諸君ハ勝者タリ、我邦ハ敗者タリ。此ノ深刻ナル事実ハ余固ヨリ之ヲ認ムルニ吝ナラズ。然レドモ諸君ノ勝利ハ力ノ勝利ニシテ、正理公道ノ勝利ニアラズ。余ハ今茲ニ諸君ニ向テソノ事実ヲ歴挙スルニ遑アラズ。然レドモ諸君若シ虚心坦懐公平ナル眼孔ヲ以テ、最近ノ歴史的推移ヲ観察セバ、思半ニ過グルモノアラン。我等ハ只ダ微力ノ為ニ正理公道ヲ蹂躙セラルルニ

到リタルヲ痛嘆スルノミ。如何ニ戦争ハ手段ヲ択バズト言フモ、原子爆弾ヲ使用シテ、無辜ノ老若男女ヲ幾万若クハ十幾万ヲ一時ニ鏖殺スルヲ敢エテスルガ如キニ至リテハ、余リニモ暴虐非道ト謂ハザルヲ得ズ。

　若シ這般ノ挙ニシテ底止スル所ナクンバ、世界ハ更ニ第三第四第五等ノ世界戦争ヲ惹起、人類ヲ絶滅スルニ到ラザレバ止マザルベシ。
　諸君須ラク一大猛省シ、自ラ顧ミテ天地ノ大道ニ対シ愧ル所ナキヲ努メヨ。

　日本同胞国民諸君
　今ハ只ダ承詔必謹アルノミ。不肖復タ何ヲカ謂ハン。
　但ダ、大東亜戦争ハ彼ヨリ挑発セラレタルモノニシテ、我ハ国家生存、国民自衛ノ為、已ムヲ得ズ起チタルノミ。コノ経緯ハ昭和十六年十二月八日宣戦ノ大詔ニ特筆大書セラレ、炳乎トシテ天日ノ如シ。故ニ若シ世界ノ公論ガ、戦争責任者ヲ追求セント欲セバ、其ノ責任者ハ我ニ在ラズシテ彼ニ在リ、乃チ彼国人中ニモ亦タ往々斯ク明言スルモノアリ。不幸我ハ力足ラズシテ彼ニ輸シタルモ、正理公義ハ儼トシテ我ニ存シ、動カス可カラズ。
　力ノ強弱ハ決シテ正邪善悪ノ標準トナス可キモノニアラズ、人多ケレバ天ニ勝ツ、天定レバ人ヲ破ル、是レ天道ノ常則タリ。諸君須ラク大国民ノ襟度ヲ以テ、天定ル日ヲ待タレンコトヲ。日本ハ神国ナリ。永久不滅ノ国家ナリ。皇祖皇宗ノ神霊ハ畏クモ照鑑ヲ垂レ玉フ。
　諸君、請フ自暴自棄スルナク、喪神落胆スルナク、皇国ノ運命ヲ確信シ、精進努力ヲ以テ此ノ一大困阨ヲ克服シ、以テ天日

復明ノ時ヲ待タレンコトヲ。

　日本青年諸君ニ告グ　日本青年諸君、各位。
　我ガ日本ハ神国ナリ。国家最後ノ望ミハ繋リテ一ニ各位ノ頭上ニアリ。不肖ハ諸君ガ隠忍自重、百折撓マズ気ヲ養ヒ、胆ヲ練リ、以テ現下ノ時局ニ善処センコトヲ祈リテ熄マズ。
　抑モ皇国ハ不幸ニシテ悲境ノ底ニ陥レリ。然レドモ是レ衆寡強弱ノ問題ニシテ、正義公道ハ始終一貫我ニ存スルコト毫モ疑ヲ容レズ。
　而シテ幾百万ノ同胞、此ノ戦争ノ為メニ国家ニ殉ジタルモノ、必ラズ永ヘニ其ノ英魂毅魄ハ国家ノ鎮護トナラン。殉国ノ烈士ハ、決シテ徒死セザルナリ。諸君、冀クバ、大和民族タルノ自信ト矜持トヲ確把シ、日本三千年来、国史ノ指導ニ遵ヒ、忠勇義烈ナル先輩ノ遺躅ヲ追ヒ、以テ皇運ヲ無窮ニ扶翼シ奉ランコトヲ。是レ実ニ不肖ノ最後ノ至願ナリ。惟フニ今後強者ニ跪随シ、世好ニ曲従シ、妄誕ノ邪説ニ阿附雷同スルノ徒、鮮カラザルベシ。然ドモ、諸君ハ日本男子ノ真骨頂ヲ堅守セヨ。
　真骨頂トハ何ゾ。忠君愛国ノ日本精神是レノミ。

〈東條英機　辞世の句〉
　　我ゆくも　またこの土地にかへり来む
　　　国に報ゆることの足らねば

　　さらばなり　苔の下にてわれ待たん
　　　大和島根に花薫るとき

極東国際軍事裁判（東京裁判）

　終戦から9カ月後、連合国が「戦争犯罪人」として指定した大日本帝国の指導者達を裁いた裁判が始まりました。

　昭和21年5月14日の法廷第5日目、補足動議、追加申立の中で、ジョージ・A・ファーネス弁護人は、「真に公正な裁判を行なうのならば、戦争に関係のない中立国の代表によって行なわれるべきで、勝者による敗者の裁判は決して公正ではありえない」と述べています。

　さらに、ベン・ブルース・ブレークニー弁護人は、「戦争は犯罪ではない、国際法は国家に対して適用されるものであり、個人に対してではない。戦争は合法的人殺しであるから、個人としての責任は問われない。真珠湾攻撃が殺人罪になるならヒロシマへ原爆投下した者の名を挙げなければならない。こうしたことを黙認してきたその人達が裁いている。よって、この平和に対する罪はこの裁判で却下されねばならない」というようなことを述べて、弁護してくださいました。

　しかし、これらの弁護は、すべて退けられ（5月17日）、2年後、16名が終身禁固、東條英機はじめ7人が絞首刑の判決を受けました。

　この"戦勝国による一方的裁判"において特筆すべきは、そんな圧力がのしかかる中、堂々と日本を弁護してくださった方がいてくださったことです。とりわけ、インドのパール判事は有名です。

　これらの弁護はすべて却下されましたが、この勇気ある弁護を、私は心より賞讃し、感謝いたします、英霊の皆様と共に……。

殉国七士廟
じゅんこくしち し びょう

　東京裁判の判決で死刑執行となった7名の軍人、政治家（全員昭和23年12月23日に処刑）をまつった廟が愛知県西尾市にあります（1960年に開園）。

〔殉国七士〕

◦東條英機　陸軍大将　第40代内閣総理大臣（岩手県出身）。

◦土肥原賢二　陸軍大将（岡山県出身）。「満蒙のローレンス」といわれ、勇猛知的。温厚で優しい人格者とも言われる。

◦広田弘毅　第32代内閣総理大臣（福岡県出身）。

◦板垣征四郎　陸軍大将（岩手県出身）。満州事変を実行。

◦木村兵太郎　陸軍大将（東京都出身）。

◦松井石根　陸軍大将（愛知県出身）。常々、「日本軍の存在理由は東洋の平和確保にあり」と言っておられたそうです。アジアの独立と平和の想いを込め、興亜観音像を熱海の山中に建立。ここにも七士廟があります。

◦武藤章　陸軍中将（熊本県出身）。

各国の要人達の言葉

　終戦後、各国の要人が日本について発言したものがたくさんあります。その中から一部をご紹介します（すべて、発言の全文でなく抜粋です）。

〈マレーシア〉ラジャー・ダト・ノンチック（元上院議員）
　日本軍は永い間アジア各国を植民地として支配していた西欧の勢力を追い払い、とても白人には勝てないとあきらめていたアジアの民族に、驚異の感動と自信とを与えてくれました。永い間眠っていた"自分たちの祖国を自分たちの国にしよう"というこころを目醒めさせてくれたのです。
　　　　　（名越二荒之助『世界から見た大東亜戦争』展転社）

〈インド〉グラバイ・デサイ（インド弁護士会会長）
　インドは程なく独立する。その独立の契機を与えたのは日本である。インドの独立は日本のおかげで30年早まった。この恩は忘れてはならない。
　　　　　（ASEANセンター『アジアに生きる大東亜戦争』展転社）

〈ビルマ〉バー・モウ（初代国家代表）
　日本ほどアジアを白人支配から離脱させることに貢献した国はない。
　しかしまた日本ほど誤解を受けている国はない。
　　　　　（名越二荒之助『世界から見た大東亜戦争』展転社）

〈インド〉ラダ・ビノード・パール（極東国際軍事裁判判事・法学博士）

　わたくしは1928年から45年までの18年間の歴史を２年８ヵ月かかって調べた。各方面の貴重な資料を集めて研究した。この中にはおそらく日本人の知らなかった問題もある。それをわたくしは判決文の中に綴った。

　このわたくしの歴史を読めば、欧米こそ憎むべきアジア侵略の張本人であることがわかるはずだ。しかるに日本の多くの知識人は、ほとんどそれを読んでいない。

　そして自分らの子弟に『日本は国際犯罪を犯したのだ』『日本は侵略の暴挙を敢えてしたのだ』と教えている。満州事変から大東亜戦争勃発に到る歴史を、どうかわたくしの判決文を通して十分に研究していただきたい。

　日本の子弟が歪められた罪悪感を背負って卑屈・頽廃に流されていくのを、わたくしは見過ごして平然たるわけにはゆかない。誤られた歴史は書きかえられねばならない。

　　（1952年11月６日に行われた広島高等裁判所での講演より抜粋）

「時が熱狂と偏見をやわらげたあかつきには、また理性が虚偽からその仮面を剥ぎとったあかつきには、そのときこそ、正義の女神は、その秤を平衡に保ちながら、過去の賞罰の多くに、そのところを変えることを要求するだろう」

　　（田中正明『パール判事の日本無罪論』小学館）

〈アメリカ〉チェスター・ニミッツ元帥（太平洋艦隊司令長官）

　この島を訪れるもろもろの国の旅人たちよ。故郷に帰ったら伝えてくれよ。この島を守るために、日本軍人が全員玉砕して果てた。その壮絶極まる勇気と祖国を想う心根を！

〈イギリス〉ウィリアム・スリム中将（第14軍司令官。ビルマ
にて英軍を指揮）

　たたかれ、弱められ、疲れても自身を脱出させる目的でなく
本来の攻撃の目的を以て、かかる猛烈な攻撃を行った日本の第
三十三師団の如きは、史上にその例を殆んど見ないであろう。

命の"時間"を大切にします

　祖国日本を離れ、万里の大海原を越え、はるか彼方の見知らぬ島の水滴したたる暗い洞窟の中で……あるいはまた、千尋の海底深くに砂に埋もれ、忘れ去られたご遺骨を含め、あらゆる場所に於いて、散華された尊きご英霊の御霊が、すべての拘束から解き放たれて、懐かしき故郷（日本）に、そしてまた、天上のまことのふるさとに還らんことを！　あたかも、光り輝く白鳩のように、喜びに満ちて軽やかに羽ばたいて……。

　つつしんでご冥福をお祈り申し上げますとともに敢闘をたたえ、今ある私達の命を盾となり、守り、救ってくださったことを心より感謝してやみません。

　アッツ島、インパール、沖縄、ラバウル、レイテ、パラオのペリリュー島、ミッドウェー、樺太、占守島、シンガポール、バシー海峡、テニアン島、ガダルカナル、硫黄島、サイパン、ニューギニア、フィリピン、マレー、ジャワ、トラック諸島、マーシャル諸島、キリバスの首都タラワ、ミクロネシア他。

　ご英霊の皆々様が、その想像を絶する苦しみとひきかえに、のちの世の私達に残してくださった、命の"時間"を大切に生ききりたいと思います。"日々、特攻の精神で生きる！"

第2部　真の世界平和実現のために！

すべての命を尊ぶ

　第2部は、「すべての命を尊ぶ」という観点から、私達人間だけではなく、どうぶつ達も含めた「命」について、考えていきたいと思います。

人のためになるならば、動物を殺すことは、罪ではないという。
例えば医療の発展のための動物実験、味覚を楽しむための肉食。
さらに、用済みの動物を処分したり、足手まといになった動物を見捨てたりすることも、やはり罪でないという。
人の役に立つからと殺され、役に立たなければやはり殺される。
これが、地上のあらゆる命に対する暴力でなくて何であろう。
わたしは植物の命を奪うことさえ、無慈悲な行為だと思っている。
　　　　——マハトマ・ガンジー「ヤング・インディア」1926年11月18日
　　　　　　　　　　　（『ガンディー魂の言葉』太田出版）

　ガンジーが、自身の編集する英語新聞の記事として掲載した言葉です。
　このほかにも、さまざまなジャンルの著名人が、どうぶつを慈しむ心と社会（国）の発展の関係性や、どうぶつ愛護の精神なきところには真の平和は訪れないということを、それぞれの

言葉で語っています。

　虐待、多頭飼育の崩壊、密漁、残酷な屠殺など、現代社会では、物言えぬどうぶつ達は、大きな苦しみを与えられています。
　そんな現状を、わたしたちは、どう捉えていけばよいでしょうか。
　この現実を知ってください。そして、私たちに何ができるかを、考えてください。

どうぶつ達の現実

　まずは現実を知ってください。

　お母さん豚は屠殺までも悲惨　豚肉を減らしてください

肉用の豚を生むための機械として使われているお母さん豚たち
は、半年が過ぎたころから殺されるまで、妊娠ストールと分娩
ストールに拘束され続ける。この飼育をする農場が日本では未
だに90％だ。拘束された挙げ句、そして3度4度と我が子を奪
われ続けた挙げ句、屠殺される。

肉用豚は180日以内に殺されるため屠殺されるときの体重は
110kg程度。一方で完全に大人になっている母豚は200kg以上
になる。一般の屠殺レーンには入らない大きさ。ある屠殺場で
は次のように屠殺されている。

母豚は機械ではなく、人が1頭ずつスタニングのための電気ショッ
クを打つ。そのため失敗も多い。血の海のスペースに追い
込まれた母豚は抵抗し逃げるため、格闘技のようになることも
あるという。1頭ずつしか殺せないにもかかわらず、2頭同時
に入れられることもある。まだ前の母豚が血を流して横たわっ
ているのに、次の豚が入れられることもある。公開された動画
の豚は、前の豚が殺されるのを約1分30秒見続けた。

食肉センターはすべてが流れ作業で進む。そのため自分の持ち
場で遅れが出てしまうことはプレッシャーになっている。流れ
を乱さず、決められた時間内に自分の作業を終わらせることが
重視されている。だからこそ、このような豚の心情になんの配
慮もないことが度々起きるのだ。

お母さん豚は生きている間もずっと苦しみ続けてきたのに…。

以前、ある養豚場の従業員は屠殺される予定の母豚の様子をこう描写した。

「やがて生産効率が落ち経済的価値がなくなれば廃用母豚となり、まるで刑務所勤めを終える日のように分娩ストールの扉が開く。

はしゃぐように、飛び跳ねるように、当たり前の喜びを感じるように通路を歩く廃用母豚。その希望に満ちたその背中の先にあるのは、眩しい太陽ではなく、真っ赤な最期である。

歩けることが嬉しくてたまらない様子の母豚だが、屠畜場では前には進みたくない衝動に駆られるのだろう。

彼女たちが最後に目にするのは自分を殺す人間の顔だろうか、それとも床に溜まった大量の自分の血だろうか。それとも分娩ストールで21日間授乳した、自分の子供の幻だろうか。

私は、廃用が決まって農場の通路を嬉しそうに歩く母豚の後ろ姿が忘れられない。

もしも彼女たちが言葉がわかって、君たちはこれから殺されるんだよと教えられたら、彼女たちはどんな後ろ姿で歩いただろうか。それとも、拘束からの解放は死を上回るものだろうか」

養豚場の従業員も経営者も、自分たちが飼育した母豚が殺される現場を見ることはないだろう。2年、3年、4年と飼育した豚が、最期は極限の恐怖の中で逃げ惑い、血の海の中で殺されるのを知ったら、どんな気持ちを抱くのだろうか。改善したいと考えたりはしないだろうか。

豚肉を食べる消費者も見ることがない。豚肉を購入する企業も見ることはない。屠殺場関係者は自らこの現場を改善すべきであるが、しかし、物申さない養豚場、企業、消費者、そしてこ

のシステムを容認する社会に暮らすべての人々に、同じくらいの責任がある。

（アニマルライツセンター「ARC NEWS 2021冬」より転載）

・採卵鶏
（バタリーケージ飼育の場合……工場型の狭い檻）
　一生を電話帳何冊分かの狭いケージで飼育され、太陽の光も風も感じることもできず、空の存在すら知らないまま、大好きな砂浴びもさせてもらえずに最後は、屠殺まで、何十時間も水さえ与えられずに、ぎゅうぎゅうづめで放置される。

・動物実験
　首かせをされ眼に薬品を注入されたり、皮膚の実験で激しい炎症を起こすウサギ達。

・生きたまま串刺し
　串刺しにされ、火にあぶられてもがくイセエビ、沸騰した湯に投げ込まれるカニ達。

・毛皮
　傷がなく、高値のつく毛皮をとるために、どうぶつ達は、口と鼻をふさがれ窒息死させられたり、口と肛門から電気を流される。

・象牙
　象牙の印鑑やアクセサリーのために、ゾウは、牙を顔ごとそぎ取られる。

・仔牛

　生まれるとすぐ台に乗せられ、お母さん牛と引き離され、一度もお母さんのおっぱいを吸うことを許されず、かわりに人工的な粉ミルクをバケツで与えられ、そのバケツさえすぐに取りあげられてしまうので、ゆっくり飲むことができず下痢を起こす。

　そして、少し育つと、男の子の仔牛は、痛い思いをさせられ、つのを引き抜かれ、肉にされるために売られていく。女の子の仔牛は、乳牛となるが、身動きさえできないようなたたみ1枚分くらいの場所で、一度も日の光を浴びることもなく、汚いしっぽは乳しぼりに邪魔だと、輪ゴムをきつく巻かれて、くさらせ切り落とされる。最後にお日様の光を浴びられるのは、屠殺場へ行くトラックの荷台の上。

　"どうぶつなんて、心がないんだから。痛みも何にも感じないんだよ。食べ物として、生まれてきたんだから、残さず食べればそれでいいんだよ"などと、勝手に思い込んでいる人の何と多いことか。

　とんでもない！　どうぶつも人間以上に心細やかで、感情豊かな生き物です。もちろん、痛みも恐怖も感じます。

・健康に必要なものは

　また、"肉を食べないと栄養不足になり、成長もできないし、病気にもなってしまう。年寄りもすすんで肉を食べなくては長生きできない"とか、"生乳やヨーグルトは、カルシウムをとるのには必要欠くべからざるものだ"という、栄養学を信じて肉食を謳歌している人々は、それゆえにこそ、ガンをはじめ多くの病を発症せざるを得なくなっているのではないでしょうか。

真の健康を得るのに、どうぶつ達の犠牲が必要なのか、考えてみてください。

　たとえば、たんぱく質は豚肉より大豆のほうが多く含まれています。

・豚肉（かた／赤身）100ｇは20.9ｇのたんぱく質を含む
・落花生100ｇは25.2ｇ
・大豆100ｇは33.8ｇ（きな粉なら36.7ｇ）

鉄分も牛肉ととうふで比べてみましょう。

・牛肉100ｇは2.6mgの鉄分を含む
・とうふ100ｇは5.2mg
　　　※文部科学省食品成分データベース（2020年版による）

　オリンピックで９個の金メダルを取ったカール・ルイスは、ヴィーガン（肉だけでなく、卵、乳製品もとらない）であり、自己ベストは、すべて、ヴィーガンになってから出しているとのことです。

　プロレスラーにもベジタリアンがいるし、プロテニス選手のビーナス・ウィリアムズも肉・魚を食べないそうです。560kgを持ち上げるドイツのストロングマン競技の選手もベジタリアン。

　アマゾンの熱帯雨林の破壊の91％は畜産によるものとのこと。１秒ごとに2000坪も破壊されています。また、世界の漁場の４分の３は、乱獲によって枯渇に近いのだそう。

※「ヴィーガン」や「どうぶつ愛護」に関するさまざま記事や情報は最近ではウェブマガジン（「ベジワールド」など）でも紹介されています。

皆様へお願い！

　せめて一生のうち、わずかな時であっても、鶏達に自由が与えられますように。ぜひ、平飼いをしている農家の卵を買って応援してやってください。

　牛・豚・鶏・魚・ロブスター・イセエビ・カニなど皆、痛みを感じ、感情すらもっているという証拠も次々と報告されています。

　牛、豚、馬の屠殺場の苦しみをなくすよう運動している人達に応援をしてやってください。

　樹木についてもお願いです。木にボールを投げつけたり、蹴ったり針金を巻いたりしないでください。木も立派に生きていることを忘れないで！

　犬、猫の「殺処分ゼロ」はあたり前です。犬、猫は、人間より下の生き物ではありません。人間と同等、あるいはそれ以上の心美しい天使達です。

　人間も、他の生き物も、お互い尊重し合い、譲り合い、慈しみ合い、いたわり合い、助け合い、支え合って、暮らしませんか。

　本当は、"生き物すべてが、人間の食べ物"でもなく、"物"でもなく、命ある尊い同胞であることを知り、肉を食べない選択も考えてみてほしいです。

　野生どうぶつは、その生態をよく学びましょう。誤った先入観をもって野生どうぶつを"悪""敵"とすることなく、自身の安全を確保しつつもむやみと恐れずに、同等あるいは、それ以上の存在として、野生どうぶつの尊厳を奪うことなく、乱暴に接したり、すぐ殺そうとしないこと。

虫達には殺虫剤ではなく、忌避剤に！　たとえゴキブリであっても、憎しみをこめてたたき殺したりするなかれ！　アロマティカスを置くことで、かなりゴキブリが近づかなくなります（ハッカ油を薄めたミントスプレーも忌避効果あり）。害虫という概念を捨て、今そこにある"命"として見ることをお願いいたします。

　　ヘビも
　　クモも
　　いもむしも
　　セミも
　　カマキリも
　　アリも
　　殺さないで
　　踏みつぶさないで
　　すべての生き物は、みな、天の創り給うた
　　天使たちであるから！
　　あなたがもし、人間が地球上で一番偉くて、
　　他の生き物は下等だと　信じているなら
　　もう、その時点で
　　他の生き物たちの方が
　　はるかにずっと　あなたより　すぐれている

どうぶつ福祉について願うこと——本来の習性に沿った自然環境へ

☆どうぶつ虐待、どうぶつ実験、どうぶつ殺処分をゼロに！
☆ペット販売はせず、保護どうぶつ引き取りを！
☆どうぶつ保護者、自然保護者を養成
☆闘犬輸入は禁止。かつて我が家の愛犬は市道でリードを放されたピットブルにより、かみ殺されています（骨折、内臓破裂、出血多量）。
☆トラバサミ（狩猟に使う罠）の禁止
☆肉食を少なくしていくか、やめる
☆鶏の平飼い（光と風と土のある所で）を応援。
☆牛・豚も放牧（光と風と土のある所で）
☆野生どうぶつ保護区を。
※学校教育上の蛙の解剖はやめてほしい。模型で充分。
☆ペットにマイクロチップ埋め込みは本当に必要か？　今一度お考えください。異物を体内に入れることにより、発ガンの可能性があると考えられます。

「野生動物を守ろう」の声を届ける

　サル、シカ、クマ、イノシシ、カラス、ハクビシン、アライグマなど、日本では毎年多くの野生動物が、有害鳥獣駆除の名目で殺されています。駆除をしている自治体へ「動物たちを殺さないで！　動物と人間が共存できる政策に転換してください」と訴えましょう。多くの声が届けば政策は改善されていきます。

また、捕獲されて見世物として飼育される動物もいます。野生動物としての生態はまったく無視され、一生を狭い檻に閉じ込められて過ごすことになるのです。狭く汚い檻で飼われている、水や食べ物が充分でない、やせている、毛並みが悪いなどの動物を見かけたら都道府県に通報してください。

（「ＮＰＯ法人動物実験の廃止を求める会（ＪＡＶＡ）」パンフレットより）

命を大切にする教育を広める

いまだに解剖実習を行っている学校（小中高校など）がありますが、解剖は義務付けられたものではなく、担当の教師の考えひとつですぐにも止められる授業内容です。生き物を殺したり、切り刻んだりする行為は生徒たちの心を深く傷つけ、悪影響を与えます。「残酷な解剖実習はやりたくない。自然や動物を大切にする教育を受けたい」と学校に伝えましょう。生きた動物を殺さなくても、臓器を忠実に再現した模型やコンピュータソフトなどを利用して、充分学ぶことができます。すでに学校での解剖実習を廃止している国もあります。

写真は動物実験に代わって、獣医学教育の代替法として開発されたネコモデル。人工脈もあり、とても精巧につくられています。欧米では、大学の医学部や獣医学部でさえ、動物を犠牲にする授業がなかったり、代替法を選択して卒業できたりする大学が多数あります。

（「ＮＰＯ法人動物実験の廃止を求める会（ＪＡＶＡ）」パンフレットより）

毛皮製品や象牙の印鑑を買わない

　二酸化炭素で窒息死させられる。口と肛門から電気を流される。傷がなく高値のつく毛皮をとるために、動物たちはこんな残酷な方法で殺されます。流行にまどわされ毛皮を買うことは、あなた自身が動物の毛皮と命を奪っていることと同じです。

　また象牙の印鑑やアクセサリーのために、たくさんのゾウが殺されています。牙を顔ごとそぎ取られ、死体はサバンナに置き去りにされます。日本から象牙の需要がある限り、ゾウの密猟は絶えないのです。

　あなたにできること…それは、毛皮や象牙を使った製品を買わないことです。

毛皮をはがされたキツネ。

毛皮をとるために繁殖させられるミンク。狭い檻の中でストレスから共食いすることもあり、苦しみながら短い一生を終えます。

　(「NPO法人動物実験の廃止を求める会（JAVA)」パンフレットより)

より良き日本の社会をめざし、望むこと

1．教育
　今ある子供達のために命をはって戦ってくださった英霊のことをしっかり、伝えるべき。文語文、旧漢字、旧かなづかい等の学習機会も必要！
　・気→氣　霊→靈　国→國　など
　・壟断・瞞着・聊力・只管など（「ルーズベルトニ与フル書」より）の言葉を駆使できるようにする。
　幼少時より、音読、素読の習慣を！
　・言葉づかいを正すべき
　　謙譲語・尊敬語を習得させる（日本は言霊が幸（さきわ）う国と言われます。汚い言葉を使わないように！）。
　　パパ・ママはお父さん、お母さんにし、「めっちゃ」といった流行語は使わず、きちんと「とても」と言えるように。
　　※合気道は少ない力で相手を傷つけずに制するものであり、武道は礼節を重んずるので、子供達に推奨します。
　　※日本人としての品格を失わず、海外の習慣をやたら取り入れない。ハグという習慣、ハロウィン、恵方巻など、起源を明らかに。

2．道徳
　二宮翁夜話*、楠木正成伝、義烈空挺隊の実話、「ルーズベルトニ与フル書」、中村哲医師の伝記、東條英機の書、講談、栗林忠道中将最後の無電などを教材としたい。
　誠実・崇高・勇敢・孝行・礼節など人徳の向上を育成する。

行儀作法、姿勢の教示。

お盆・墓参り、季節の行事、祭りを重視、神仏への日々の祈りを！　食前、食後の感謝を忘れない。

※62ページ参照

3．食を正す

各家庭に畑地を与え、野菜の自給自足を行う。……化学肥料、殺虫剤、除草剤を使わず、微生物にまかせる自然農法を！

「四ツ足を食ってはならん。共食いとなるぞ。草木から動物生まれると申してあろう。臣民の食べ物は、五穀野菜の類であるぞ」「碧玉之巻（あおたまのまき）」第八帖（日月神示）

（中矢伸一『［魂の叡智］日月神示完全ガイド＆ナビゲーション』徳間書店）

「食の道は穀食が善く、肉食は善からず。

穀は正食に能く、純食にも堪（た）く

肉は従食（おかず）にしても純食に堪（た）えられず。

其（そ）は克（よ）く能（た）ると不能（たえられざる）こと、能（ききめ）と毒とに分かつなり」……『先代旧事本紀（だいくじほんぎ）』より

（前掲書）

「植物性のものを摂っていれば、すべての栄養素は補えるが、ビタミン B_{12} のみは植物性食品にはなく、卵・レバーなどの動物性食品から摂らねばならないという意見もある。

しかしビタミン B_{12} は味噌や納豆など植物性の発酵食品や海藻類に含まれており、とくにそうした発酵食品を伝統的によく摂取する食習慣をもつ日本人は動物性食品で補う必要などは全

くない。」
　（前掲書）

「肉類からタンパク質だけが吸収されるのであればよいが、肉
類は腐敗する過程にあるから、硫化水素、アンモニア、その他
の毒素が腸管から吸収される。また繊維がないために便秘をき
たしやすく、毒素の吸収はさらに高まり、身体を一層不健康に
していく。」
　（前掲書）

　食品原材料表示は、「"海外"、"外国"製造」だけであるべき
ではない。きちんと責任の所在を知らしめてほしい。消費者は
もっと自分達の食べるものの安全性を厳しく追求すべきであり、
規制がゆるくなるごとに危険が増すと知るべきです。

４．大家族制度復活を（家族で看取る）
　祖父母等より、伝統行事や伝統料理を受け継ぎ、子育ても皆
で。

５．医療（動物医療も含む）
　・精神医療も含め、すべての医療の根本的見直しを！
　・治らない！　と決めつけない（医療従事者は、その根本に
徳の心を身につける）。
　・基本、"薬に頼るな、免疫力で勝ちぬけ！"何でもかんで
も医療に頼らない。医師を妄信しない。まず自分でよく調べよ。
　・対症療法から根本治療へ。対症療法は速い効果があるが一
時的であり、ぶり返す。ゆっくりでも、安全かつ完全に根本か
ら治す！

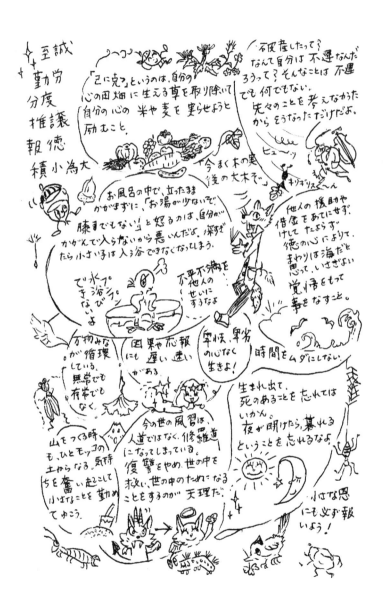

✦ 至誠
✦ 勤労
　分度
　推譲
　報徳
　積小為大

「己に克つ」というのは、自分の心の田畑に生える草を取り除いて自分の心の米や麦を実らせようと励むこと。

「破産したって？なんて自分は不運なんだろうって？そんなことは不運でも何でもない。先々のことを考えなかったからそうなっただけだよ。

今まく木の実　後の大木ぞ

ピューッ

キリギリスさ～ん

お風呂の中で、立ったままかがまずに、「お湯が少ないぞ 膝まででもない」と怒る人は、自分がカガンで入らないから悪いんだよ。深すぎたら小さい子は入浴できなくなってしまう。

他人の援助や借金をあてにせず、けしてたよらず、徳の心によりて、まわりは海だと思って、いさぎよい覚悟をもって事をなす上。

プールで水遊びできないよ

不平不満を他人のせいにするな

万物みなが循環している。無常でも有常でもなく。

因果応報にも遅い速いがある

卑怯、卑劣の心なく生きよ！

時間をムダにしない

生まれ出て、死のあることを忘れてはいかん。夜が明けたら、暮れるということを忘れるなよ。

山をつくる時も、ひとモッコの土からなる。気持ちを奮い起こして小さなことを勤めてゆこう。

今の世の風習は、人道ではなく、修羅道になってしまっている。復讐をやめ、世の中を救い、世の中のためになることをするのが天理だ。

小さな恩にも必ず報いよう！

・その薬、その注射、その手術、本当に必要か？　→不要な治療がかえって命を縮める（ただし、もちろん、必要欠くべからざる手術、薬もあることと思います。納得できるまでよく調べ、みきわめてください）。

・老人医療は、老衰死の場合、余計な医療が本人を苦しめてしまうかもしれない。点滴、注射、酸素吸入、吸引などが自然な老衰死を妨げ、かえって苦痛を与えてしまうかもしれない。自然で安らかな老衰死を！

（中村仁一著『大往生したけりゃ医療とかかわるな』〈幻冬舎〉を読んで）

6．自然保護

・休耕地を山林に戻し、生物多様性の育成を！　各町内にビオトープを！

・蛙、セミ、メダカ、ホタル、ヘビ、カタツムリなどの生息環境の整っている地域を各所につくる。

・国土（水源地含め、貴重な生物の生息区域は特に）は、外国人に売りとばしてはならない。日本人が責任をもって、自然を守っていくこと。

・樹木の伐採は安易にしてはならない。

・危険な除草剤の使用禁止（一度使うと取り返しのつかないことになる可能性あり）。

・成分内容がはっきりしないような海外の肥料等は使用しない。土質を守る、健康な大地を取り戻す。

・開発をしない進入禁止の自然保護区を！

・在来種子の安全確保

7. 普段の生活で

・お茶の品質を安易に変えない！　地味でも頑（かたく）なまでに本物であること！

・農業に、国からの支援を！

・本物の米、味噌、しょうゆ、茶を守り、きわめよ！

・子供達に、漬物、納豆、茶、梅干し、ゴマ、ラッキョウ、とうふを推奨。サツマイモ、海苔を巻いたおにぎりなどをおやつに！

・発ガン物質てんこもりのお菓子、弁当、ドッグフードなどは、買わないように注意。真心こめた手作りを！

・ドッグフード、犬のおやつ……すべての栄養素をとる必要はないと私は思いますが、心配なら、手作り食と信頼できるドッグフードと併用すると良いでしょう。

※ただし、手作りの場合、ネギ類、卵白など入れてはいけないものがあるので、注意。

・BHA・BHT・エソキギン・ソルビン酸カリウム、赤色2号等のタール色素など、いずれも要注意！　動物病院のフードやブランドものだとしても、これらには注意すべきでしょう。

・よもぎ、アロエ、どくだみ、ヒバ油など天然の薬効を持つものを大いに利用すべき。

・犬を飼う時、どんなに荒くれ者の、なつかない、かみつき犬が来たとしても、変わらず愛する。"私のことがきらいでも、私は君が大好きだから"と、いつも優しい心を忘れないこと、必ず、こたえてくれるから（どの子もご縁があって来てくれたのですから）。

・一生、なつかず、心も開かない子が来たとしても、にくたらしいと思わずに、（思ってしまっても、すぐ思い直し）やっぱり心から愛し尽くす。それはそれで、結局、自分の勉強とな

り、徳の向上につながる。

　寂しい家族の穴埋めとしての存在から、孫の面倒見役やガードマン（番犬）、さらには共に散歩をしてくれることで健康を授けてくれたり、夫婦げんかの仲裁までやってくれるのが、犬たちの天使としての使命らしいのです。

　・みんな、誰でも〝私なんて……〟と思わずに、勇気を持って正しいと思うことをやってみよう。アシュリー・ヘギちゃんは、障害にめげず、明るく優しく、生き生きと生きたよ！
※アシュリー・ヘギ……老化が異常な速度で進行する病で17歳まで生きたカナダの少女。

　・一面だけを見て決めつけてしまうと取り返しのつかないことに！
　人にも国にもある深い事情さえ知らないまま、レッテル貼りをしないように、と願います。

　・優しいだけでは、ただの腰抜けなのです。
　優しく、同時に強くあれ！
　自分と家族だけ良ければよい、という生き方を超え、孫や、その先、未来の日本、そして世界の幸せを願う〝至上の博愛精神〟〝勇気〟〝決意〟を特攻隊員の生き方に学びたいと思います。

　・ことばのトリックにだまされないように！
　平和・友愛、これらの言葉でさえ、悪利用されることがあります。これらの言葉をたくみに使って入り込み、いつのまにか〝優しく受け入れてくれた原住民を足蹴にするようになる〟ということは、かつてにもあったようです（在来魚の池にブラックバスを放ったらどうなるか、同じ魚類でも一緒に生息するこ

とは無理であるとわかります)。常にまわりは敵だらけ、これが世の中の現状ではないでしょうか。気を引き締めて、日本人としての誇りを忘れないことが大事だと思います。

　・『チベット死者の書』を読めばわかるように"死にゆく行程"というものがあります。それを無視して強引に生を終わらせてしまう安楽死。安易に行うものではないと思います。どうぶつに対しても。

その他

戦争未亡人となった母について

　私事ではございますが、私の母について一言、ふれたいと思います。

　母の夢の中で（母は夢とは言っていなかったが）夫・義郎は、海底を延々と歩いて日本へ辿り着き、静岡県清水区（母が住んでいる旧清水）の三保海岸に水滴をしたたらせ、砂浜に上がって帰還したそうです（実際の義郎は、当時、バシー海峡で撃沈された軍艦〈輸送船と聞いています〉に乗船していました）。

義郎と松代。昭和19年、
義郎はついに我が子の顔
を見ることなく、バシー
海峡にて戦死。

左：母松代16歳
右：若くして未亡人となった母

その後母のつくった歌です。

　　初めての我が子の顔も見られずに
　　　バシー海峡に軍艦は沈みぬ

　若くして、幼子を抱え未亡人となった母は、保険の外交や、スリッパの底を貼る内職や住み込みの小学校用務員をして生活を支え、苦労を重ねました。母は手持ちのお金が小銭だけとなってしまったその日、小さなお店に入り、私（2〜3歳）に、おでんを食べさせてくれました（自分は何も食べずに）。又、ある時は、走りくる電車に飛び込もうという母を必死でとめた覚えもあります（私が小学校低学年の頃）。
　戦後、多くの戦争未亡人が、どれだけ苦難の道を歩んだことか……人知れず流された涙の多さを思います。

心に残る言葉

良寛
散る桜残る桜も散る桜

なげくとも　帰らぬものを　うつせみは
　　　常なきものと　思ほせよ君

災難に遭う時節には災難に遭うがよく候
　　　死ぬ時節には死ぬがよく候

一休
散れば咲き　咲けばまた散る
　　　春ごとの花の姿は　如来常住

面影の変わらば変われ年もとれ
　　　無病息災死なばこっくり

有漏地より無漏地に帰る一休み
　　　雨降らば降れ　風吹かば吹け

古歌
ともしびの　消えていずこに　ゆくやらん
暗きは　もとの　すみかなりけり

ぜひ、この世にあってほしいもの

①犬のお弁当屋さん（犬用の手作りごはんを格安で）
　すべての保護犬に食べさせてあげたい！
　胚芽米、鶏肉、ブロッコリー、小松菜、キャベツ、マイタケ、サツマイモ、カボチャ、大根菜、きざみ納豆、人参すりおろし、かつおぶし、など使用した、本格ヘルシー弁当。

②犬の散歩屋さん（有資格者）
　除草剤散布場所を避ける。
　拾い食いをさせない。
　犬自身を満足させる散歩。

③虫達（芋虫、セミ、ミミズ、アリなど）を轢き殺さないですむ、空中に浮く乗り物（空中自転車）。

④どこでもお布団
　折りたたみ式でコンパクト、持ち運びができ、パッと広げると掛布団もくっついていて、犬のベッドのようにすぐ使える。

いじめられているみんなへ！
死にたいと思っている君へ！

　遅かれ早かれ、いずれ散る命……。

　かつて英霊が自分達の幸せすべてをかなぐり捨てて、命がけで守ってくれた尊い命。

　だから、どんなことがあっても、とりあえず生き抜いてほしい。生きているだけで、もうけものなのだから。

　広がる青空のもと、その胸いっぱいに思いきりおいしい空気を吸って、明るい日の光をからだいっぱいあびて、命に感謝してほしい。

　自分を殺すのも人殺しなんだよ。見てごらん。足もとの小さな虫だって、たった１匹で、危険きわまる外敵だらけの広い世界を元気いっぱい明るく生きてゆく……。

　今、自分に与えられた奇跡の命があれば、いつの日か、誰もが見て見ぬふりをして通る雨の小径でふるえているひとりぼっちの子猫を救いあげることができるかもしれない。そしてまた、半分ひかれて地面にはりついてしまったかわいそうな芋虫を、君のその手がそっと優しくとりあげて、道端の安全な野花の布団の中へおろしてあげることもできるのだ。そう、世界は、君を必要としている。君が来るのを待っている。だから……、光に向かって"前へ進め！"。誰かに"死ね"と言われたら、"やなこった、余計なお世話だ"と言ってやれ。ブスでもクズでもキモイでも、何とでも言わせとけ。ひとりぼっちけっこう！　そして、道はひとつではないし、みんな本当は自由なんだから、時には逃げてもいいと思う。それより、自分が本当に

やりたいと思うこと、大好きな勉強や仕事を一生懸命やること。
　どんな人生も、捨てたものではない。自分の力で、何とでも美しく咲かせてゆくことができる。
　どこからでもいつからでも、決して遅いことはない。
　"泥沼の中で　清らかに咲け　蓮の花！"

謝辞

　久能山東照宮を右手に、左手には遠く伊豆半島の島影をうっすらと映す広大な海原を車窓に見送っておりますと、白い雲の群れが海上低く連なっていく姿が目にとまりました。それは、あたかも編隊を組んで、海面すれすれにまっしぐらに突き進む特攻機のようでありました。この時から私の心に、"雲の特攻機"という言葉が強く残ることとなりました。

　それを思いますと、東照宮の神々様、そして、ご英霊の皆様のお力添えあってこそ、良きご縁をいただけ、出版の実現へと導いていただけたのだと感慨深く、感謝の気持ちでいっぱいになりました。そして、何よりも文芸社出版企画部の藤田渓太様には大変ご尽力いただきました。なんと感謝してよいかわかりません。編集部の高島三千子様には、何の知識もない私を忍耐強く支え、ご教示くださいました。また、デザイナーの高橋久美様には、素敵なカバーを作っていただきました。

　神々様、ご英霊の皆様、出版にご協力くださったすべての心優しい皆々様に御礼申し上げます。

　本当にありがとうございました。

〈参考文献・資料〉

（公財）特攻隊戦没者慰霊顕彰会　会報「特攻」平成元年第８号／平成18年11月号

知覧特攻平和会館編『いつまでも、いつまでもお元気で　特攻隊員たちが遺した最後の言葉』草思社　2011年

靖國神社編『いざさらば我はみくにの山桜』展転社　1994年

神立尚紀『特攻の真意　大西瀧治郎 和平へのメッセージ』文藝春秋2011年

渡辺洋二『彗星夜襲隊』光人社　2008年

NHK 日本ニュース第252号1945年６月９日

平川祐弘『米国大統領への手紙』新潮社　1996年

梯久美子『硫黄島　栗林中将の最期』文藝春秋　2010年

朝日新聞（昭和20年３月22日）

清瀬一郎著『秘録　東京裁判』響林社　2018年

名越二荒之助『世界から見た大東亜戦争』展転社　1991年

ASEAN センター『アジアに生きる大東亜戦争』展転社　1992年

田中正明『パール判事の日本無罪論』小学館　2001年

浅井幹夫編『ガンディー魂の言葉』太田出版　2011年

「ARC NEWS 2021冬」アニマルライツセンター　2021年

文部科学省食品成分データベース　2020年版

中矢伸一『［魂の叡智］日月神示完全ガイド＆ナビゲーション』徳間書店　2005年

中村仁一著『大往生したけりゃ医療とかかわるな』幻冬舎　2012年

〈資料提供・協力〉

朝日新聞フォトアーカイブ

南さつま市

万世平和祈念館

空挺館（陸上自衛隊習志野駐屯地内）

ＮＰＯ法人動物実験の廃止を求める会（ＪＡＶＡ）

著者プロフィール

虹色うさぎのテモ (にじいろうさぎのても)

静岡県出身。
母一人に育てられ、幼少時代、各地を転校。母、最期の入院時、高齢者
への医師の冷たさを実感。

雲の特攻機

2023年4月15日　初版第1刷発行

著　者　虹色うさぎのテモ

発行者　瓜谷 綱延

発行所　株式会社文芸社
　　　　〒160-0022　東京都新宿区新宿1－10－1
　　　　　　　　電話 03-5369-3060（代表）
　　　　　　　　　　 03-5369-2299（販売）

印刷所　図書印刷株式会社

ISBN978-4-286-28064-6